탐정 벌렁코의 코딱지 수사

잇츠북이 어린이 여러분에게 *끈기*와 도전의 메시지를 드립니다.

저학년은 책이 좋아 44

탐정 벌렁코의
코딱지 수사

글 장희주 | 그림 조현숙

펴낸날 2024년 12월 23일
펴낸이 김주한 | **책임편집** 한소영 | **책임마케팅** 김민석 | **책임홍보** 옥정연
디자인 아빠해마 김승우 | **인쇄** 이룸프레스
펴낸곳 잇츠북어린이 | **출판등록** 제406-251002015000039호
제조국 대한민국 | **사용연령** 8세 이상
주소 (10881) 경기도 파주시 회동길 47(문발동) 몽스패밀리Bd. 301·302호

ⓒ 장희주, 조현숙, 아빠해마, 2024

ISBN 979-11-94082-18-7 74810
ISBN 979-11-92182-55-1(세트)

잇츠북어린이는 〈잇츠북〉의 어린이 브랜드입니다.

탐정 벌렁코의 코딱지 수사

글 **장희주** 그림 **조현숙**

잇츠북어린이

차례

억울한 누명

침팬지 벌렁코는 아침 일찍 도서관에 갔어요. 그러고 우당탕 소리를 내며 '추리 서가' 쪽으로 달렸어요.

"휴, 다행이다!"

『탐정 고릴라』 7권이 책장에 꽂혀 있었어요. 벌렁코는 범인이 누구인지 알고 싶어 미칠 지경이었거든요. 과연 이번에도 자기가 예상한 범인이 맞을지 궁금했어요.

벌렁코는 시간 가는 줄 모르고 책에 빠져들었어요. 범인의 윤곽이 드러나는 참에 코가 간질거렸어요. 긴 손가락을 콧구멍에 찔러 넣어 후비적댔어요.

『탐정 고릴라』의 범인이 막 나타나려는 순간,
벌렁코의 손에 커다란 코딱지가 딱 걸렸죠.
그때였어요.
"으악! 이게 대체 무슨 짓이야!"
여우 사서 선생님이 도서관이 흔들릴 정도로 크게 소
리를 질렀어요.

벌렁코와 여우 사서 선생님의 눈이 딱 마주쳤어요. 여우 사서 선생님이 성큼성큼 벌렁코 쪽으로 걸어왔어요.

벌렁코는 콧구멍에서 얼른 손가락을 뺐어요. 커다랗고 노란 덩어리가 손가락끝에 달려 있었어요. 꼭 코딱지 꼬치처럼요.

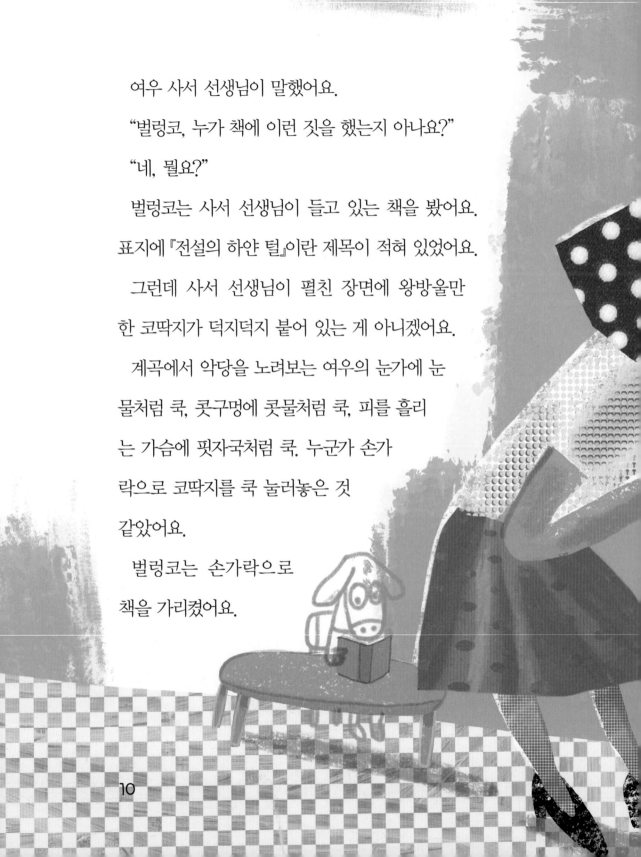

여우 사서 선생님이 말했어요.

"벌렁코, 누가 책에 이런 짓을 했는지 아나요?"

"네, 뭘요?"

벌렁코는 사서 선생님이 들고 있는 책을 봤어요.
표지에 『전설의 하얀 털』이란 제목이 적혀 있었어요.

그런데 사서 선생님이 펼친 장면에 왕방울만
한 코딱지가 덕지덕지 붙어 있는 게 아니겠어요.

계곡에서 악당을 노려보는 여우의 눈가에 눈
물처럼 쿡, 콧구멍에 콧물처럼 쿡, 피를 흘리
는 가슴에 핏자국처럼 쿡. 누군가 손가
락으로 코딱지를 쿡 눌러놓은 것
같았어요.

벌렁코는 손가락으로
책을 가리켰어요.

"누가 이런 짓을……."

"그 손가락 치우지 못해요!"

벌렁코는 그제야 자기 손가락에 매달린 코딱지를 보고는 당황한 나머지 코딱지를 입속에 넣었어요.

"선, 선생님…… 저는 아니에요! 절대 책에 코딱지를 붙이지 않았어요."

"정말인가요? 방금도 코딱지를 파서 책에 붙이려 한 거 같은데."

"아니에요, 선생님. 절대로요!"

어느새 다른 사서 선생님들이 주위를 둘러쌌어요. 모두 여우 사서 선생님이 든 책을 보면서 한마디씩 했어요.

"어머! 도서관에 들어온 지 얼마 안 된『전설의 하얀 털』이잖아."

"누가 더럽게 코딱지를 묻힌 거야?"

"벌렁코가 코딱지를 붙인 거예요?"

벌렁코는 억울해서 팔짝 뛸 지경이었어요.

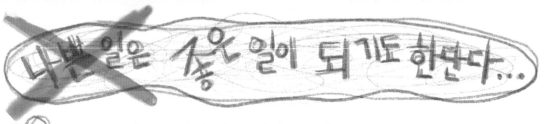

나쁜 일은 좋은 일이 되기도 한단다...

"정말 제가 안 그랬다고요!"

속상해서 눈물이 찔끔 났어요. 벌렁코가 코를 잘 파긴 하지만 코딱지를 책에 붙이지는 않아요. 누구보다 책을 사랑하거든요. 그때 벌렁코의 머릿속에 아빠의 말이 번뜩 떠올랐어요.

'벌렁코야, 나쁜 일은 좋은 일이 되기도 한단다.'

어쩜 이번이 벌렁코의 실력을 세상에 알릴 기회일지도 몰라요.

벌렁코가 말했어요.

"선생님, 저는 절대 코딱지를 붙이지 않았어요. 제가 꼭 범인을 잡을 테니 두고 보세요!"

범인을 잡고 말 거야!

여우 사서 선생님과 친구들은 여전히 벌렁코를 의심스럽게 쳐다봤어요.

벌렁코가 말했어요.

"선생님, 제 꿈이 뭔지 아시나요?"

"내가 어떻게 알겠니?"

"바로, 탐정이라고요! 선생님도 제가 추리 동화를 얼마나 많이 빌려 가는지 아시잖아요."

"그거야 그렇지만……."

여우 사서 선생님이 벌렁코의 대출 기록을 확인했어

요. 추리 동화, 지문 수사법, 과학 수사, 범인을 잡는 법 같은 추리나 수사 관련 책들로 가득했지요.

"제 이름을 걸고 범인을 제 손으로 꼭 잡을 거예요. 두고 보세요!"

벌렁코가 코를 벌렁대며 말했어요.

"선생님, 『전설의 하얀 털』 대출 기록은 조회해 보셨나요?"

여우 사서 선생님은 아무 말 없이 눈을 깜박였어요. 그러자 다른 사서 선생님이 말했어요.

"맞아! 그럼 마지막에 책을 빌려 간 친구가 나올 테고, 그 친구가 범인 아닐까?"

여우 사서 선생님이 『전설의 하얀 털』을 들고 바코드를 찍었어요. 벌렁코는 침을 꼴깍 삼키며 모니터 화면을 바라봤어요. 삑! 바코드 찍히는 소리가 울리더니 화면에 이름이 큼지막하게 떴어요.

토리.

다람쥐 토리 이름이 떴어요. 거기다가 '연체'라는 빨간 글자도 함께요. 토리는 이 주일 전에 책을 빌려 갔다가 그저께 반납했어요. 하루 늦게 반납한 거예요.

벌렁코가 말했어요.

"선생님, 토리가 반납하고 나서 책을 훑어보셨어요?"

"그럼요, 토리는 자기가 딴 도토리도 어디에 뒀는지 모르는 애라서 책도 늘 늦게 반납해요. 게다가 책 사이에 쪽지나 사진을 꽂아 두기도 하거든요. 그래서 책을 훑어봤는데 코딱지는 없었어요. 뭐, 대충 보긴 했지만……."

벌렁코는 알겠다는 듯 고개를 끄덕였어요.

"맞아요, 선생님. 꼭 토리가 그랬을 리는 없죠. 도서관에서도 얼마든지 코딱지를 붙일 수 있으니까요."

그때 다른 사서 선생님이 『전설의 하얀 털』 책에 손을 뻗었어요.

벌렁코가 다급히 말했어요.

"아무도 이 책을 만져서는 안 돼요! 범인의 냄새가 남아 있을 거예요."

모두 눈을 동그랗게 뜨고 벌렁코를 쳐다봤어요.

벌렁코가 말했어요.

"선생님, 토리가 그저께 오후 4시 50분에 책을 반납했어요. 도서관이 5시에 문을 닫으니까 그저께『전설의 하얀 털』책을 본 친구는 없을 거예요. 그럼 범인은 어제 도서관에서 책을 본 친구 중 하나일 거예요. 어젠 이 책을 대출한 친구가 없으니까요."

여우 사서 선생님이 걱정스러운 얼굴로 말했어요.

"책을 본 친구들을 어떻게 알 수 있을까요?"

"저에게 범인을 밝힐 방법이 있어요. 바로 제 코로요."

벌렁코가 코를 벌룽거렸어요. 벌렁코는 책을 코 가까이로 가져가서 깊숙이 냄새를 들이마셨어요.

"여우 사서 선생님 냄새가 가장 진하군요. 킁킁, 사자 사만이 냄새도 나고, 책장을 넘기니 코끼리 코순이의 냄새, 다람쥐 토리의 냄새, 뒷장에서는 미어캣 미오의 냄새도 나요. 그리고 코딱지가 붙은 쪽에는 여러 친구들의 냄새가 섞여 있어요. 안타깝게도 코딱지에선 특별한 냄새가 나지 않아요. 하지만 코딱지 색깔이 아주 진하네요. 짙은 초록색과 검은색이라……."

여우 사서 선생님이 끼어들었어요.

"사만이를 제외하면 모두 매일같이 도서관에 와서 책을 읽는 친구들이에요. 근데, 정말 확실한가요?"

"그럼요, 전 선생님이 조금 전에 어떤 간식을 먹었는지도 맞출 수 있어요. 다크초콜릿 드셨죠?"

"어머, 그걸 어떻게!"

"절 믿어 보세요! 이제부터 선생님들과 저만 아는 비밀 수사를 펼쳐 보아요."

벌렁코는 수첩에 사건을 메모했어요.

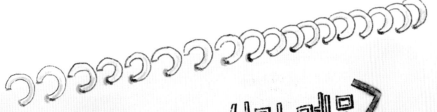

<벌렁코의 사건 메모>

1. 「전설의 하얀 털」은 도서관에 들어온 지 얼마 안 된 신간.
   잘생기고 멋진 여우 영웅에 관한 이야기로, 특별히 여우 사서가
   아끼는 책이기도 하다.

2. 「전설의 하얀 털」책의 가장 인상적인 장면에 코딱지가
   붙어 있다.

3. 코딱지의 색깔은 초록과 거무스름한 색이 섞여 있다.

4. 크기가 둥글둥글하고 넓적하여 아직 수분이 채 마르지 않았다.

5. 「전설의 하얀 털」책에서 사자 사만이, 코끼리 코순이.
   미어캣 미오, 다람쥐 토리의 냄새가 난다.

용의자 1, 코순이

벌렁코는 도서관 중앙에 앉아서 용의자들이 오기를 기다렸어요. 몰래 책 읽는 모습을 훔쳐볼 생각이었어요. 하지만 코순이, 사만이, 토리, 미오는 11시가 넘도록 도서관에 오지 않았어요. 벌렁코는 졸음이 밀려와서 고개를 떨구었어요.

에취! 어디서 천둥 같은 재채기 소리가 들려왔어요. 바로 코끼리 코순이였어요.

'이런, 용의자를 놓칠 뻔했잖아.'

벌렁코는 코순이가 보이는 자리로 옮겨 앉았어요.

코순이는 그물 침대에 누워서 책을 봤어요. 뭐가 재미있는지 혼자 낄낄 웃으면서요. 벌렁코는 코순이가 보는 책이 뭔지 궁금했어요. 옛날이야기 『방귀 며느리』였어요. 벌렁코는 아직 읽지 못한 책이죠.

에취! 코순이는 그물 침대가 출렁일 정도로 또 한 번 재채기를 했어요.

"코순아, 재채기 좀 살살 해. 나한테까지 콧물이 튀었잖아."

나무 위 의자에서 책을 보던 친구가 말했어요.

"미안해."

코순이가 기어들어 가는 목소리로 말했어요. 저 정도로 세게 재채기하면 커다란 코딱지가 툭 튀어나올지도 몰라요. 벌렁코는 코순이를 좀 더 지켜보기로 했어요.

코순이는 20분에 한 번씩 재채기를 했어요. 벌렁코는 코순이의 코를 뚫어지게 쳐다봤어요. 그런데 코순이 코는 재채기할 때 위로 향했어요. 그러니까 책을 향해 재채기하진 않았다는 뜻이에요.

'코가 위로 향하게 재채기를 하면 코딱지가 천장에 붙지 않을까? 아니면 코딱지가 공중으로 솟았다가 책으로 떨어지는 걸까?'

벌렁코는 곰곰 생각했어요. 『전설의 하얀 털』 책엔 누군가 손가락으로 꾹 눌러놓은 것처럼 꼬딱지가 딱 붙어 있었거든요. 벌렁코는 수첩에 코순이를 관찰한 내용을 적었어요.

용의자 2, 미오

점심시간이 끝날 때쯤, 미어캣 미오가 도서관으로 들어왔어요. 『전설의 하얀 털』 책을 넘길 때 미오의 냄새도 짙게 났어요.

미오는 통나무 굴속으로 들어갔어요. 둘레가 넓은 통나무의 속을 파고, 그 안에서 편히 책을 읽을 수 있도록 독서 조명과 쿠션으로 꾸민 곳이에요.

통나무 위쪽에는 들어가고 나올 수 있는 구멍 세 개가 있어요. 미어캣이나 두더지, 몽구스들이 즐겨 앉는 자리예요.

　미오는 통나무 자리에 들어간 지 10분
이 넘도록 나오지 않았어요. 아마 책 읽기에
열중하는 것 같아요. 그게 아니라면 저 안에서 코딱지
를 파고 있을지도 모르죠. 벌렁코는 미오가 무엇을 하
는지 궁금했어요.

　그때 미오가 통나무 구멍으로 고개를 쏙 내밀었어요.
꼭 무언가를 살피듯 주위를 두리번거렸어요. 그런데
벌렁코와 눈이 마주치자, 통나무 속으로 황급히 들어
가지 뭐예요.

벌렁코는 콧구멍이 간질거렸어요. 수상한 냄새가 났거든요. 그래서 통나무를 통통 두드렸어요. 미오가 구멍으로 고개를 빼꼼 내밀었어요.

벌렁코가 말했어요.

"미오, 무슨 책을 읽고 있어? 재미난 책이라도 있어?"

그러자 미오가 구멍 밖으로 책을 들고 나왔어요.

"재미있긴, 독후감 숙제 때문에 억지로 읽는 거야."

벌렁코는 재빨리 책을 훑어보았어요. 책에 코딱지가 묻었는지 확인했지만, 아주 깨끗했어요.

벌렁코가 물었어요

"혹시……『전설의 하얀 털』책은 어때? 재밌어?"

"재밌긴! 그것도 독후감 숙제 때문에 억지로 봤어. 지루해서 책에다가……."

"책에다가 뭐?"

미오가 소곤거렸어요.

"책에 개미잼을 발라 놓을 뻔했다니까."

그러면서 미오는 혼자 킥킥댔어요.

벌렁코는 실망했지만, 끈기를 갖고 다시 물어보았어요.

"혹시…… 코딱지를 붙이고 싶지는 않았어?"

"코딱지? 그것도 좋은 방법인데."

미오는 통나무 밖으로 쪼르르 달려 나와 학습 만화 서가로 갔어요. 그러더니 학습 만화 열 권을 아슬아슬하게 들고는 통나무로 쏙 들어가며 말했어요.

"학습 만화 말고는 다 지루하다니깐."

벌렁코는 곰곰이 생각했어요. 평소 미오는 짓궂은 소리를 많이 하긴 했지만, 말뿐일 때가 많아요. 좀 소심하거든요. 벌렁코는 미오를 관찰한 내용을 기록하면서 세모 표시를 했어요.

용의자 3, 토리

  벌렁코는 화장실에 가려고 도서관 열람실에서 나왔어요. 그런데 토리가 밖에서 기웃거리고 있지 뭐예요.

  벌렁코가 말했어요.

  "토리! 여기서 뭐 해?"

  "어머, 벌렁코! 때마침 잘 만났다. 혹시 말이야, 부탁 하나 해도 될까?"

  "뭔데?"

  "있잖아, 나 대신에 책 좀 빌려주면 안 될까? 책을 늦게 반납해서 이틀 동안 책을 빌릴 수가 없어."

"그래? 무슨 책 말인데?"

"『전설의 하얀 털』."

벌렁코는 이상했어요. 토리는 『전설의 하얀 털』 책을 마지막으로 빌려 간 친구예요. 그런데 왜 다시 책을 빌리려는지 이해가 안 됐어요.

"근데 너 말이야, 『전설의 하얀 털』 저번에 읽은 거 아냐? 네가 도서관에서 책 빌려 가는 걸 본 것 같아서 말이지. 덜 읽은 거야?"

"다 읽긴 했는데, 확인할 게 있어서."

"뭘 확인하려고?"

"아, 그런 게 있어. 혹시 『전설의 하얀 털』 책이 서가에 꽂혀 있는지 봐 줄래? 여우 사서 선생님과 마주쳤다가는 꾸중을 들을지도 몰라. 책을 종종 늦게 반납했거든."

"잠시만 기다려."

벌렁코 가슴이 콩닥콩닥 뛰었어요. 어쩜 도둑이 제 발로 찾아온 건지도 몰라요. 범인은 다시 현장에 나타난다고 하잖아요.

벌렁코는 여우 사서 선생님에게 다가가 속닥거렸어요. 여우 사서 선생님은 모른 척 자리를 비웠어요. 벌렁코는 토리를 열람실로 들어오게 했어요.

벌렁코는 일부러 코딱지가 붙은 페이지를 활짝 펼쳤
어요. 갑자기 토리 얼굴이 새빨갛게 달아올랐어요.
　"으악! 누가 감히 여울 오빠 얼굴에 이런 짓을 한 거
야? 내가 가장 좋아하는 장면이라고!"
　토리는 엄청나게 화가 난 것 같았어요.

벌렁코는 토리의 표정을 살피면서 말했어요.

"토리, 왜 그래? 여울 오빠가 누구야?"

"누구긴, 이 책의 주인공이지. 절대 용서할 수 없어!"

멀리서 여우 사서 선생님이 다가오자, 토리는 황급히 열람실에서 나갔어요. 벌렁코는 헷갈렸어요. 토리가 코 딱지를 붙이지 않은 것 같았거든요.

토리는 늘 깜빡하지만, 책에 코딱지를 붙일 만한 아이가 아니긴 했어요. 그런데 토리는 다 읽은 책에서 무엇을 확인하려고 한 걸까요. 벌렁코는 코를 벌름대며 수첩에 사건을 기록했어요.

용의자 4, 사만이

이제 도서관이 문 닫을 시간이에요. 벌렁코는 사만이 만 빼고는 모든 용의자를 만났어요.

벌렁코는 수사한 내용을 여우 사서 선생님에게 보고 했어요. 여우 사서 선생님은 아직 범인이 잡히지 않아 서 실망한 듯했어요. 벌렁코는 아무렇지 않은 척 말했 어요.

"선생님, 오늘 하루 동안 특이한 일이나 특이한 동물 은 없었나요?"

"아무것도 없었어요. 뭐, 사순이가 『전설의 하얀 털』

책을 빌리러 왔다가 빌릴 수 없다는 이야기를 듣고 아주 크게 실망하며 돌아간 것 말고는요."

"네, 일단 좀 더 조사해 볼게요."

벌렁코는 도서관을 나와 걸었어요. 사만이는 왜 도서관에 오지 않았을까 생각했지만, 사서 선생님이 사만이는 원래부터 도서관에 자주 오는 아이가 아니라고 했어요. 그러니 오늘 도서관에 안 온 게 당연한 건지도 몰라요. 벌렁코는 이러다가 코딱지 범인을 잡지 못할까 봐 초조해졌어요.

벌렁코는 길을 걷다가 친구들을 만났어요. 사만이가
공원에서 놀고 있다는 이야기를 들었어요.

벌렁코는 공원으로 갔어요. 사만이는 사순이와 함께
자전거를 타고 있었어요. 벌렁코는 벤치에 앉아 책을
읽는 척하며 둘을 지켜봤어요.

사만이 얼굴에서는 웃음이 가시질 않았어요. 아무래
도 사만이가 사순이를 좋아하는 것 같아요.

한참 뒤, 사만이와 사순이는 아이스크림을 사서 벤치에 앉았어요. 벌렁코는 귀를 쫑긋했어요. 사순이가 아이스크림을 먹다 말고 말했어요.

"나 오늘 기분이 꿀꿀했는데, 네 덕분에 나아졌어."

"정말? 다행이다. 도서관에서 답답하게 있는 것보다 자전거 타고 아이스크림도 먹으니까 신나지?"

"뭐, 책 읽는 것도 좋지만 자전거 타는 것도 신나네. 근데 『전설의 하얀 털』책에 누가 코딱지를 붙인 걸까? 진짜 읽고 싶었던 책인데 속상해."

그때 사만이가 아이스크림을 바닥에 떨어트렸어요.

"사만아, 아까워서 어떡해."

"괜찮아, 하나 더 사면 되지."

사만이는 주머니에서 동전을 찾는 듯했어요.

"사만아, 아이스크림 그만 먹어. 너 한 달 내내 코감기로 고생하고 있잖아. 게다가 얼마 전에 코피까지 났다며…… 얼마나 코를 세게 풀었으면."

사순이가 사만이를 걱정했어요. 벌렁코는 사만이를 뚫어지게 쳐다봤어요. 코가 빨갰어요.

벌렁코는 콧구멍이 간질거렸어요. 뭔가 느낌이 왔거든요. 이때다 싶어 벌렁코가 재빨리 나섰어요.

"얘들아, 안녕? 너희 여기 있었구나. 근데 사만아, 코가 왜 이리 빨개. 혹시 코딱지 세게 판 거야?"

사만이가 인상을 팍 썼어요.

"벌렁코, 내가 너처럼 더럽게 코딱지나 파는 애로 보이니?"

벌렁코는 기분이 나빴지만, 꾹 참고 이야기했어요.

"아, 근데 너희 소문 들었어?『전설의 하얀 털』책에 누가 코딱지를 붙였대."

벌렁코는 재빨리 사만이와 사순이의 표정을 살폈어요.

사순이가 미간을 찌푸리며 말했어요.

"누가 그런 더러운 짓을 한 건지! 정말 짜증나."

사만이가 코를 만지작거렸어요. 그러더니 벌렁코를
쏘아보며 말했어요.

"벌렁코 네가 한 짓 아니야? 왠지 네 콧구멍 속에 주
먹만 한 코딱지가 들어 있을 거 같거든."

"뭐야, 너 말 다 했어?"

벌렁코가 불같이 화를 내자 사순이가 사만이를 데리
고 자리를 피했어요.

벌렁코는 사만이가 강력한 용의자라 휘갈겨 적었어
요. 한숨을 연거푸 몰아쉰 뒤에, 글씨를 지웠어요.

탐정이라면 감정에 휘둘려선 안 되니까요.

새로운 용의자의 등장

다음 날, 벌렁코는 사건 수첩을 확인했어요.

용의자 5명

누구냐, 너!

용의자 1 코순이

1. 강력한 재채기를 자주 한다. 코딱지가 튀어나올 확률이 높다.

2. 코를 위로 향하게 재채기 한다.

3. 코딱지가 위에서 아래로 떨어졌을지도 모른다.

4. 하지만 책에 묻은 꼬딱지는 손가락으로 꾹 누른 것 같다.

꼭 찾고 말 거야!

48

용의자 2 미오

1. 아무도 보이지 않는 통나무 굴속 자리에서 책을 읽는다.

2. 한번씩 고개를 내밀고 두리번거린다.

3. 「전설의 하얀 털」이 지루해서 개미잼을 바르고 싶다고 했다.

4. 하지만 미오는 소심해서 말뿐일 때가 많다. ✕

용의자
~~미오~~

용의자 3 ☆토리☆

1. 「전설의 하얀 털」을 가장 마지막에 대출하고 연체했다.

2. 확인할 것이 있다면서 책을 다시 빌리려고 했다.

3. 주인공 여울 오빠가 나오는 장면에 코딱지가 붙어 있는
   걸 보고 얼굴이 새빨개질 정도로 화를 냈다.

   그런데 책에서 무엇을 다시 확인하려고 한 걸까?

강력☆
용의자

용의자 4 사만이

1. 도서관을 즐겨 찾지 않지만, 그날 책을 보러 도서관에 왔다.
2. 코감기를 오래 앓고 있고, 얼마 전에 코피가 났다.
3. 코딱지 이야기를 하자, 코를 만지며 벌렁코가 범인이라고 했다.

코피 강력 증거

벌렁코는 애가 탔어요. 결정적인 증거가 더 필요했거든요.

벌렁코는 오늘도 도서관에 가 보기로 했어요. 공원을 지나는데 동물 친구들 몇몇이 모여 있었어요.

하이에나가 벌렁코를 불렀어요.

"벌렁코, 같이 축구하자! 한 명이 부족해."

"어, 난 급한 일이 있어서 도서관에 가 봐야 해."

"뭐야, 도서관에 꿀이라도 발라 놓은 거야? 왜 다들 평소 관심도 없던 도서관에 가는 거야?"

벌렁코가 하이에나에게 바짝 다가와 물었어요.

"이른 시간부터 누가 도서관에 갔다는 거야?"

하이에나가 공을 탕탕 튀기며 말했어요.

"늑대 아오랑 사자 사만이. 걔들은 원래 도서관 가는 애들이 아니잖아?"

그러자 코순이가 킥킥대며 말했어요.

"사만이만큼은 왜 도서관에 갔는지 내가 알지. 사순이가 책을 좋아하니까 어쩔 수 없이 따라갔을걸. 너희들 사만이가 책을 얼마나 싫어하는지 알지? 그토록 싫으면서도 사순이 때문에 억지로 간다니까. 얼마 전에 아빠가 축구공을 사 줬다면서 같이 축구하자더니 하필 오늘 도서관에 가 버릴 게 뭐람."

그러자 모두 깔깔 웃었어요.

벌렁코는 코를 벌름거리며 하이에나에게 물었어요.

"근데 아오는 왜 일찍부터 도서관에 간 거야?"

"뭐, 코딱지라도 붙이러 갔나 보지."

벌렁코는 눈을 동그랗게 떴어요.

"코딱지? 그게 무슨 말이야?"

"얼마 전에 토리가 책을 읽고 있다가 거기에 멋진 여우가 나온다면서 꺅꺅 소리를 지르는 거야. 근데 그 책에서 늑대가 멍청한 악당으로 나온 거지. 그 이야기를 듣고 아오가 엄청 화가 났어. 그러더니 코딱지를 파서 휙 날렸다니까. 얼마나 웃기던지……."

"정말이야? 하이에나야, 고마워."

벌렁코는 새로운 용의자가 등장하자 흥분했어요. 늑대 아오는 책에 냄새가 남아 있지 않아서 용의선상에 오르지 않았거든요. 벌렁코는 자기가 중요한 걸 놓친 것만 같아서 도서관으로 헐레벌떡 뛰어갔어요.

과연 범인은 누구일까?

벌렁코는 도서관을 샅샅이 살폈어요. 그런데 늑대 아오는 어디에도 보이지 않았어요.

벌렁코가 여우 사서 선생님을 찾아가서 물었어요.

"선생님, 혹시 아오가 도서관에 오지 않았나요?"

"아오? 아까 사만이랑 같이 있는 것 같았는데……. 그건 그렇고 코딱지 범인은 잡은 거야?"

"아, 아마도 곧!"

벌렁코는 사만이를 찾아다녔어요. 하지만 사만이는 보이지 않고 사순이 혼자 책을 읽고 있었어요.

"사순아, 사만이 어디 갔어?"

"아오랑 할 말이 있다고 열람실 밖으로 나갔는데."

벌렁코는 뛰어나가려다 멈칫했어요.

"근데…… 저번에 사만이가 코피 났다고 했잖아. 혹시 언제 났는지 기억나?"

"그건 왜?"

"아, 그냥. 내가 좀 쓸데없는 데 관심이 많잖아."

"내가 생일 파티에 갔던 날이니까…… 그저께네. 어휴, 얼마나 코를 팠으면."

"사순아, 고마워."

벌렁코는 후다닥 뛰어나갔어요. 화장실과 미디어실까지 다 둘러봤지만 둘은 보이지 않았어요. 벌렁코는 옥상까지 뛰어 올라갔어요.

그때 누군가의 목소리가 들렸어요. 바로, 사만이와 아오였어요. 벌렁코는 숨을 죽이고 대화를 엿들었어요.

"너, 약속 지켜!"

"걱정 마. 축구공을 받는 순간, 입 꾹 다물 거니까."

"사순이 귀에 들어가면 가만 안 둬."

"절대 그럴 일 없지. 책을 좋아하는 사순이가 알면 얼마나 실망하겠어. 얼른 내려가자고, 친구! 사순이가 기다리겠어."

벌렁코는 후다닥 계단을 내려왔어요.

그날 오후에 여우 사서 선생님은 사만이와 아오, 벌렁코를 불렀어요.

"여러분, 얼마 전에 『전설의 하얀 털』책에 코딱지가 붙어 있었던 사건 알죠? 혹시 아오와 사만이는 누가 그랬는지 아나요?"

둘은 입을 꾹 다문 채 눈길을 피했어요.

여우 사서 선생님이 말했어요.

"사만이, 할 말 없니?"

"네? 전 몰라요."

"그럼 아오가 말해 볼래?"

"저도 몰라요."

아오는 축구공을 꼭 쥔 채 사만이를 힐끔 쳐다봤어요.

"그럼 도대체 누가 범인인지를 벌렁코가 밝혀야 할 것 같구나."

벌렁코가 코를 벌름거리며 말했어요.

"『전설의 하얀 털』 책에 코딱지를 붙인 범인은 사만이 입니다. 먼저, 코딱지가 붙어 있는 삽화 쪽에서 사만이 냄새가 짙게 났어요. 그리고 이 코딱지의 색깔을 잘 보세요. 보통 코딱지는 노란색입니다. 제 코딱지처럼요."

벌렁코가 코딱지를 파내 보여 주자 모두가 인상을 찌푸렸어요. 벌렁코는 개의치 않고 이야기를 이어 갔어요.

"그런데 책에 붙어 있는 코딱지 색깔은 짙은 녹색과 검정에 가깝습니다. 심한 감기처럼 강력한 바이러스에 감염되거나 코피가 나면 코딱지 색깔이 거무스름해지는 경우가 많죠. 그런데 사만이는 한 달 동안 코감기에 걸린 상태였고, 토리가 『전설의 하얀 털』을 반납한 다음 날에 코피가 났죠. 그리고 마지막 결정적인 증거는 아오가 들고 있는 축구공입니다. 저 축구공은 얼마 전에 사만이가 아빠에게 선물받은 축구공이에요. 그런데 저 축구공을 오늘 아오에게 줬어요. 왜일까요? 바로 사만이가 코딱지를 책에 붙이는 장면을 아오가 봤기 때문이죠. 사만이는 아오가 입을 다무는 대신 저 축구공을 준 거예요!"

벌렁코의 이야기가 끝나자 아오와 사만이는 귀신이라도 본 듯 놀란 표정이었어요. 아오가 말했어요.

"전 잘못 없어요. 사만이가 먼저 입을 다무는 대신에 축구공을 주겠다고 했으니까요."

사만이가 아오를 노려보며 말했어요.

"뭐라고? 코딱지를 책에 붙이는 걸 보고 네가 먼저
사순이와 친구들, 사서 선생님에게 이른다고 했잖아."

　여우 사서 선생님이 팔짱을 낀 채 두 친구를 무섭게 쳐다보며 말했어요.

"사만이, 책에 코딱지를 왜 붙인 거야?"

"그게⋯⋯."

고개를 푹 숙인 사만이 얼굴이 빨개졌어요.

벌렁코가 말했어요.

"사순이 때문이 아닐까요? 사만이는 책 읽기를 싫어해요. 그런데 사순이가 자꾸 도서관에 와서 놀자고 하니까 너무 싫었던 거예요. 사순이가 『전설의 하얀 털』 책을 읽고 싶다면서 도서관에 가자고 했죠. 사만이는 사순이가 보기 전에 책에 코딱지를 붙인 거예요. 사순이가 책을 읽지 못하게요. 그러고는 둘이 자전거를 탔을지도 모르지요."

　사만이가 거의 울먹거리며 말했어요.

"선생님, 죄송해요. 사순이 때문에 도서관에 왔지만,

도서관은 너무 심심했어요. 사순이랑 이야기를 하거나
떠들며 놀 수 없고, 사순이가 저랑 안 놀고 책만 보니까
저도 모르게……."

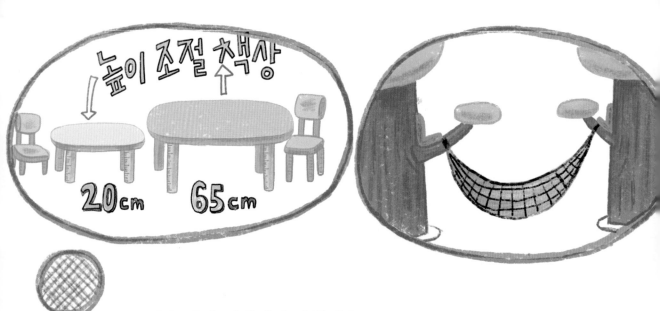

여우 사서 선생님이 말했어요.

"아무리 그렇더라도 그건 아니죠. 난 여러분들이 책
을 잘 읽도록 맞춤 책상과 그물 침대, 나무 위에서 책을
읽을 수 있는 독서대, 통나무 굴속 독서대까지 준비했
어요. 그런 내 노력이 헛수고가 된 거 같네요."

그러자 아오가 옆에서 구시렁댔어요.

"그건 책 좋아하는 아이들을 위한 거지, 우리처럼 책 안 좋아하는 애들은 답답하다고요……."

여우 사서 선생님이 한숨을 크게 내쉬었어요. 그러고는 말했어요.

"아무튼, 사만이와 아오가 잘못했으니까 그냥 넘어갈 수는 없어요. 둘은 한 달 동안 책 정리, 도서관 청소를 하도록 해요."

둘은 조그맣게 "네."라고 대답했어요.

여우 사서 선생님이 벌렁코에게 사과했어요. 처음에 벌렁코를 의심해서 미안하다고요. 그리고 벌렁코의 끈기와 노력을 칭찬했어요.

　벌렁코는 집에 오는 내내 기분이 좋았어요. '탐정이
되는 꿈'을 이룬 것 같았으니까요.
　벌렁코는 생각했어요. 정말 '탐정 사무소'를 차리면
어떨까 하고요.
　생각만 해도 가슴이 두근두근했어요.

에필로그

사만이와 아오는 매일같이 도서관에 와서 책을 정리하고 청소를 했어요. 그 덕분에 사만이는 책이 어디에 꽂혀 있는지 잘 알게 됐어요. 그래서 사순이가 보고 싶다는 책을 척척 찾아다 주기도 했고요.

그러고 나서 한 달 뒤, 도서관에 놀라운 일이 일어났어요. 책 읽기 싫어하는 친구들이 조금씩 도서관을 찾기 시작한 거예요.

여우 사서 선생님이 새로운 방을 만들었거든요. 친구랑 함께 책 읽기 방, 탈출 게임 방을요.

사만이는 사순이와 함께 책 읽기 방에서 소리 내어 책을 읽고, 책을 읽다 수다도 떨어요. 아오도 가끔 도서관에 와서 방 탈출 게임을 하다 가요. 방 탈출 게임을 잘하기 위해 책도 좀 읽게 됐고요.

사서 선생님이 친구들을 보며 흐뭇하게 웃었어요.

그리고 벌렁코는 도서관 옆 나무집에 탐정 사무소를 열었어요. '벌렁코의 탐정 사무소.'

단골손님도 있어요. 깜박깜박 잊어버리는 토리요.

토리는 허구한 날 벌렁코를 찾아와요.

"벌렁코, 나 도토리 펜을 잃어버렸어. 대체 누가 가져간 걸까?"

"어휴, 누가 가져가긴. 네가 어디에다 두고 깜박했겠지. 대체 몇 번째야? 내 능력을 날마다 네 물건 찾기에 쓰는 건 너무 아깝다고!"

| 작가의 말 |

저는 중학생 때 학교 도서부에서 활동했어요. 책을 대출해 주거나 책을 정리했지요.

어느 날, 도서관에 새 책이 들어온 날이었어요. 도서관 담당 선생님이 새 책을 책꽂이에 꽂기 전에 책상에 분류해 놓았어요. 그런데 그날 오후, 책 몇 권이 감쪽같이 사라진 거예요. 선생님은 저에게 사라진 책에 관해 물었어요. 이상하게 저는 도둑도 아닌데 심장이 마구 뛰었어요. 어쩜 선생님이 저를 도둑으로 의심할지도 모른다고 생각했어요. 도서관에서 가장 오래 머물고, 책을 좋아하는 학생은 저였으니까요.

제가 '탐정 벌렁코'라는 캐릭터를 만든 건, 어린 시절 기억 때문인지도 몰라요. 주인공 탐정 벌렁코도 여우 사서 선생님한테 책에 코딱지를 묻힌 범인으로 오해받아요. 저는 책을 훔친 사람을 찾지 못했지만, 탐정 벌렁코는 뛰어난 후각과 관찰력, 추리력으로 범인을 잡아요.

여전히 저는 도서관에 가는 걸 좋아해요. 탐정은 아니지만, 탐정놀이를 하기도 해요. 음식물이 묻은 책을 보면 누가 범인일까 추리하고, 물구나무 서듯 책을 보는 친구를 보고는 원숭이가 아닐까 상상해요. 어떤 날은 도서관에서 아이들이 떠들지 못하게 하는 건, 누군가의 음모가 아닐까 하는 이상한 생각도 하지요.

이렇게 저는 탐정놀이를 하면서 여전히 상상 속에서 수사를 이어 가고 있답니다. 여러분도 탐정 벌렁코가 되어 세상을 관찰해 보세요. 생각지도 못한 재미있는 이야기가 떠오를지도 몰라요.

장희주

본격적으로 책 읽기를 시작하는 어린이를 위한

저학년은 책이 좋아

서울시립어린이도서관 권장 도서 | 고래가숨쉬는도서관 선정 | 국민독서문화운동본부 선정 | 한국학교도서관사서협회 선정
한국문화예술위원회 문학 나눔 선정 | 국립어린이청소년도서관 선정

〈저학년은 책이 좋아〉 시리즈는 계속 출간됩니다.

잇츠북어린이는 우리 어린이들이 책과 친한 친구가 되기를 바라는 마음으로 재미있는 책을 만들고 있어요. | **E-mail** locis@naver.com